VOYAGE

POÉTIQUE ET PITTORESQUE

SUR LE

CHEMIN DE FER DU NORD.

PAR

N. MARTIN.

LILLE.

IMPRIMERIE DE L. DANEL.

1869.

VOYAGE

POÉTIQUE ET PITTORESQUE.

Les gravures qui illustrent ce volume sont empruntées à deux
Itinéraires de la collection des Guides Joanne *de Paris
à Cologne et à Bruxelles*, par M. A. Morel, et
de Paris à Boulogne, Calais et Dunkerque,
par M. E. Penel. Nous en devons la
communication à la librairie
Hachette.

VOYAGE

POÉTIQUE ET PITTORESQUE

SUR LE

CHEMIN DE FER DU NORD

PAR

N. MARTIN.

LILLE

IMPRIMERIE DE L. DANEL.

1869.

De Chapelle et de Bachaumont
Jadis on lisait le voyage :
Prose et vers, un vif badinage
Qu'ils semaient par val et par mont.

Poussé par le même démon,
J'extravague encor davantage,
Car les vers sont mon seul langage;
— Mais considérez qu'Apollon

M'accompagne avec mainte Muse,
Et qu'il faut que je les amuse !
La prose les eût endormis.

Lecteur, point ne te prends en traître :
Ne lis pas; je t'en laisse maître;
Ne lis pas; mais restons amis.

———————

VOYAGE POÉTIQUE

ET PITTORESQUE,

Puisque c'est du Nord aujourd'hui
Que nous vient, dit-on, la lumière,
Sans plus tarder volons vers lui
Et que l'ombre reste en arrière !
Volons sans fatigue et sans peur
Sur les ailes de la vapeur.
De Paris à Berlin la route
Se fait ainsi, sans qu'on s'en doute,
— Pour ceux qu'un robuste sommeil
Ne dépose au but qu'au réveil.

O progrès divinisant l'homme !
Oui, de Paris Monsieur Prudhomme
Peut partir commençant un somme
Et ne se réveiller qu'à Rome !

Mais Rome n'est pas mon chemin.
J'ai la carte du Nord en main,
Et j'y vois Creil, Amiens, Boulogne,
Compiègne, Saint-Quentin, Cologne.
J'y vois, après Amiens, Arras
Qui tend vers Lille un de ses bras ;
Et Lille est presque un Briarée
Dont aussi vers mainte contrée
Les bras s'en vont, en sens divers,
Saisir Dunkerque, Ostende, Anvers ;
Bruxelles enfin, qui s'étale
Avec des airs de capitale.

Pour faire un bon commencement,
Il faut d'abord dire comment
Ce serpent de fer se déploie
Et siffle et se tord sur la voie :
D'un bond il est à Saint-Denis,
Puis, en deux tronçons désunis,

Il court d'un côté vers Pontoise,
Attiré par les bords de l'Oise,
Et de l'autre vers Chantilly
Que les Condés ont embelli.

A Creil les tronçons se rejoignent,
Et là, de nouveau, se disjoignent;
Même alors ils deviennent trois
Qui s'élancent plus ou moins droits,
L'un à gauche où Beauvais l'appelle,
L'autre à droite qu'Aix-la-Chapelle
Convie, et le troisième enfin,
Qui de Longueau prend le chemin.

Près de Longueau, presque indécise,
La ligne-mère se divise
En quatre grandes sections,
Pour diverses directions :
Deux, en fourche qui se prolonge,
Vont vers le Nord; l'une qui longe
La Manche, aboutit à Calais;
L'autre, non sans de beaux relais
(Arras, Lille, Gand), recommande
D'aller par Anvers en Hollande;

Une autre unit Amiens, Rouen;
La dernière atteint Reims par Laon.

C'est l'homme écorché que je donne,
Dans ces durs vers, Dieu me pardonne !
Apollon est tout dérouté
De se voir ainsi cahoté,
Car pour tant de géographie
Il manque de philosophie.
« Cher Apollon, rassurez-vous ;
» Nous allons prendre un ton plus doux
» Et tâcher que parfois la rose
» Corrige cette odeur de prose :
» En wagon, qui sait s'incliner
» Trouve encor des fleurs à glaner. »

Donc, blond Phébus, si bon vous semble,
Nous allons voyager ensemble,
D'abord de Paris à Calais.
Quant aux Neuf Sœurs, invitez-les ;
Ou plutôt, parmi les plus belles,
Ne prenez que les moins rebelles.
— C'est fait. — Partons. — Ce noir terrain
N'est-ce pas l'antre de Vulcain ?
Non, c'est La Chapelle, la gare

SAINT-DENIS,

Du fer, du feu, des colis. — Gare !
Quel fracas ! Quels blocs entassés !
Dieu merci, nous voilà passés !
Et vous pouvez reprendre haleine,
Belles Muses ; voici la plaine
Où poussent pour l'ogre Paris
Petits pois, choux-fleurs et radis.
Montmartre est au fond : — De ce faîte,
Saint-Denis qui portait sa tête,
Un jour descendit et marcha
Longtemps, et lorsqu'il trébucha,
Étant mort, il fut mis en terre
Au lieu qu'à présent on vénère
Sous son nom. A gauche, voyez
Ce long mur d'au moins huit cents pieds :
C'est le parc de Saint-Ouen ; deux femmes
Attisèrent là (tristes flammes !)
De deux rois le débile amour.
Du Cayla suivait Pompadour.
Louis Quinze y fit de la tarte ;
Louis Dix-huit y fit la charte.

Ainsi le profane au sacré
Va se mêlant. — Mais j'ai juré,

Prisant fort peu la réticence,
De tout décrire..... avec décence.

— Muses, vous vous bouchez le nez?
C'est l'odeur des gaz combinés :
Saint-Denis a mainte industrie,
Soude, chandelles, tannerie.
Mais il a sa nef et son chœur,
Il a sa *Légion-d'Honneur !*
Son haut clocher, tout blanc de plâtre,
Me charmait; on a dû l'abattre !
Le grand roi n'aimait pas le voir ;
Pour lui ce n'était qu'un point noir !
Henri Quatre, encore en détresse,
Y vint entendre cette messe
Que certes valait bien Paris :
Le soir même, il en eut le prix.

Villiers-le-Bel suit Pierrefitte,
Et rien de beau ne nous invite.
Puisqu'ils sont dépourvus d'attraits,
Parlons d'Écouen qui gît tout près :
Avec bien d'autres patrimoines,
Dagobert en fit don aux moines

ÉGOUEN.

De Saint-Denis, et, de ceux-ci,
Aux barons de Montmorency
Il passa par force ou par ruse.
Sur ce point l'histoire est confuse.
Ces barons, d'abord tyranneaux,
Y construisirent des créneaux
Qui durèrent, d'après Joanne,
Jusqu'au temps du connétable Anne.
Le connétable les rasa
Et galamment les remplaça
Par un château plein d'élégance,
Dans le goût de la Renaissance :
Michel-Ange y mit son ciseau,
Le Primatice son pinceau,
Et l'on cite un Christ du Rosso.

Dans cette royale demeure
(L'humanité toujours en pleure),
Henri Deux, en de sombres temps,
Signa la mort des protestants.
Les Condés en étaient les maîtres
Par legs de deux ou trois ancêtres,
Quand leur dernier prince émigra !
Et la nation s'empara

Du domaine, et dans son parterre,
Austèrement utilitaire,
Ne mit que des pommes de terre!
Bonaparte, toujours vainqueur,
De consul devient empereur,
Fonde la Légion-d'Honneur,
Et d'Écouen, dans un noble rêve,
Fait un asile où l'on élève
Les filles de ses compagnons
Dont l'honneur a gravé les noms.
Madame Campan, femme habile,
Se montre là bon chef de file.
Le vent tourne; Napoléon
Deux fois tombe; un autre Bourbon
De l'exil revient et ramène
Condé dans son ancien domaine.
Écouen reprend les fleurs de lys,
Son peuple émigre à Saint-Denis.
— Mais pardonnez-moi, beau trio,
Tant d'histoire. — « Je suis Clio,
Dit l'une; et moi la Comédie,
Dit l'autre; et moi la Tragédie,
Dit la troisième; — donc, tu vois,
Ton récit doit plaire à nous trois. »

C'est parler d'or ! Votre suffrage
Aux digressions m'encourage.
Goussainville, à coup sûr, n'a pas
Pour l'oreille ou les yeux d'appas,
Et le seul mérite de Louvres
Est de bien rimer avec Douvres !
Mais on se dirige par eux
Vers le château de Champlâtreux,
Un vrai château parlementaire,
Noble et beau dans son style austère.
Là méditèrent les Molé ;
Par quatre-vingt-treize immolé,
Un de ces Présidents superbes
Était gendre de Malesherbes ;
Son fils embellit ce séjour
Où vint Louis-Philippe un jour.

De Survilliers jusqu'à Luzarche
On compte une heure au plus de marche.
Il s'y trouve encore un château
Que doit respecter le marteau :
Il fut, sous le premier Empire,
Au prince Joseph qui, de sire,
N'était plus dans ses jours derniers

Que le comte de Survilliers.
Un dernier château, Morfontaine,
Veut un salut dans cette plaine.
On vante son parc, ses berceaux,
Ses jardins anglais et ses eaux.
Les consuls de la République
Y firent, avec l'Amérique,
Sur les Neutres un beau traité,
— Qui fut assez mal respecté.
Avançons; l'horizon recule;
L'œil avide en tous sens circule,
Et l'œil est toujours plus charmé:
Ici les bois de Pontarmé;
Au loin la rivière de Thève,
Un nom comme l'idylle en rêve,
Et l'abbaye au flanc du mont,
Nid des cygnes de Royaumont!

Orry: Son église est ancienne.
Aux époques mérovingienne
Et gallo-romaine l'on peut
Ici songer autant qu'on veut;
On en trouve partout la trace.
Des vieux Romains la forte race

Lac de Mortefontaine.

Hallali aux étangs de Commelle.

N'aurait pourtant pas construit mieux
Le viaduc audacieux
Que nous allons franchir sans crainte.
Le génie y mit son empreinte.
— A l'ingénieur Mansion
Un tribut d'admiration !
C'est un vrai maître entre les maîtres !
Quinze arches ! Trois cent trente mètres
De longueur, sur une hauteur
De quarante mètres ! L'auteur
Rencontrait un si rude obstacle
Que son succès tient du miracle :
Vu le sol tourbeux du pays,
Il dut bâtir sur pilotis !
Et maintenant que sur la cîme
Nous roulons, contemplez l'abîme ;
Regardez là-bas les étangs
Scintillants de Commelle : au temps
Des chasses, fuyant le carnage,
Les cerfs s'y jettent à la nage.
— Les yeux vers la droite à présent :
A peine avez-vous un instant
Pour voir, à travers mainte branche,
Le *château de la Reine-Blanche.*

Là, dit-on, habitaient jadis
La reine Blanche et saint Louis.

    Ainsi, dans sa grandeur romaine,
Ce viaduc à toi nous mène ;
Chantilly, toujours inondé
Des rayonnements de Condé !
Chantilly, c'était le Versailles
De ce fier gagneur de batailles !
Ses jours de gloire évanouis,
(Comme Versaille après Louis),
A l'œil de spectacles avide
Ce palais semble morne et vide ;
Mais pour étonner l'avenir,
Il lui suffit d'un souvenir !
Certe, ici les plaisanteries
Siéraient peu ; mais ses écuries
Sont le chef-d'œuvre où le public
Trouve aujourd'hui le plus de *chic* :
On y fit donc un champ de courses
Où les chevaux vident les bourses !

    Qu'en dire encor ? Restons muet,
Et de l'éloquent Bossuet

CHANTILLY

Relisons l'oraison funèbre,
Non moins que son héros, célèbre;
Ou le récit fort bien mené
De madame de Sévigné,
Qui de ce Vatel presque épique
Dépeint le trépas si tragique !
Partons. — Encore un viaduc :
Il faut nommer Mansion duc
De la Thève et de la Nonette !
Moi, je rembouche ma trompette
Pour les merveilles de son art;
Comme du fromage ou du lard,
Les ingénieurs, que rien n'arrête,
De ces rocs ont tranché la crête,
Si bien qu'à présent c'est un jeu
De les franchir jusqu'à Saint-Leu.
En sortant de ces Thermopyles,
Du pont sur l'Oise on voit les piles,
Et l'église dominant l'eau,
Qui fait si bien dans le tableau !

Au bout de ce pont, les deux lignes
Se croisent et, comme deux cygnes,
Vont côte à côte jusqu'à Creil,

Du Nord cet axe sans pareil !
Mais près du bourg de Montataire
On ne peut passer et se taire :
Ses forges font un feu d'enfer,
Où se tordent zinc, cuivre et fer ;
Et son église, à plus d'un titre,
A droit à son petit chapitre.
D'abord son portail est roman ;
Puis elle eut son grave roman :
C'est là qu'au temps de la Réforme
Un évêque, scandale énorme !
Évêque de Beauvais (son nom
Était Odet de Châtillon ;
On prie encore pour son âme),
A jeté sa mitre et pris femme !

　　Creil est le grand raccordement
De l'universel mouvement.
De plus, il fait une faïence
Qui tient l'Anglais en défiance.

　　De Creil, en ligne droite, on court
Sans halte jusqu'à Liancourt,
Dont à Gabrielle d'Estrées

TOUR DU CHATEAU DE COUCY.

Henri, chassant dans ces contrées,
Donna le seigneur pour mari,
— Lequel n'en fut pas appauvri !

Ce donjon qui sur la colline,
A gauche, au soleil qui décline,
Se dresse pittoresquement
A côté d'un haut bâtiment,
C'est, hélas! tout ce qui subsiste
Du château de Beaumont : la liste
Des princes, grands-vassaux et rois
Qui l'habitèrent autrefois,
Serait longue. — Pendant la Fronde,
Condé rebelle y fit la ronde;
Mais d'Ancre avec art l'entoura
Et vaillamment s'en empara.
Le haut bâtiment qui s'étale
Auprès, c'est la *Maison Centrale ;*
— Lisez maison d'affliction,
Ou maison de correction !
On y compte au moins mille femmes :
Dieu sauve leurs corps et leurs âmes !

Muses, maintenant sous vos yeux
Vont succéder les fonds crayeux

Aux coteaux couleur d'espérance
De notre fraîche Ile de France ;
Mais, si le contraste est amer,
Bientôt vous pourrez voir la mer.
En attendant, mieux vaut sans doute
Des moindres hasards de la route
Faire son profit et noter
Ce qui dans l'esprit doit rester.
Voici les *Souterrains-refuges*
Qui, s'ils cachèrent des transfuges,
Aidaient les Gaulois peu soumis
A combattre leurs ennemis,
Romains ou Normands, car ces plaines
De leurs traces sont encor pleines.
On croise de larges chemins
Portant la griffe des Romains :
Il fallait de vastes chaussées
Aux légions toujours pressées
De vaincre, et dont les lourds convois
Dans les marais restaient parfois.
Les gens de Saint-Just vous en montrent
Deux qui, là même, se rencontrent.
Après Saint-Just, avant Breteuil,
Je vous promets un beau coup-d'œil ;

C'est à l'endroit dit *La Trouée*
De Nourard, — à bon droit louée ;
A l'horizon, — au dernier plan, —
De la cathédrale de Laon
Se dessinent les tours jumelles
Sur l'azur clair, et non loin d'elles,
Fier, menaçant, se dresse aussi
Le sombre donjon de Coucy !
Elle évoque le moyen-âge
En dominant le paysage,
Cette énorme tour dont les flancs
Ont vaincu la pioche et les ans.
Elle conserve encor la trace
De ces hommes d'une autre race
Qui s'écriaient : « Roi je ne sui,
» Ni Prince ou Duc, ni Comte aussi ;
» Je suis le Sire de Coucy ! »
Il fallait des tours à leurs tailles !
A leurs corps de fer, des murailles
De trente-deux pieds d'épaisseur
Sur cent quatre-vingts de hauteur !
Dans la chronique, un des ancêtres
Des Coucy mesurait trois mètres !
Un coup de sa lame d'acier

Fendit en deux un cavalier
Et son cheval ! — Ainsi du reste.
Non moins que le courroux céleste
On les craignait, vautours au nid
Scellé, taillé dans le granit !
Quel art profond dans leur vengeance !
Tremblez, serfs, misérable engeance ;
Les oubliettes de la tour
Pourraient vous engloutir un jour...
Ce que faisait leur foi trompée,
Ces géants à la forte épée,
Cette tour le rappelle aussi.

Raoul, châtelain de Coucy,
Aimait (ô source d'élégies !)
Gabrielle de La Vergies,
La noble dame de Fayel
Dont l'époux se montra cruel
Par un moyen à la Vatel.

Raoul ayant de cette dame
Séduit le corps et ravi l'âme,
Partit pour la croisade. — Hélas !

Après de glorieux combats,
Il y mourut, à Gabrielle
Jusqu'au dernier soupir fidèle.
Gabrielle, de son côté,
L'avait chaque jour regretté ;
Si bien que par la jalousie
L'âme de Fayel fut saisie.
Un jour, arrive un écuyer
Qui descend de son destrier
Et monte le grand escalier,
Muni d'un joli petit coffre
Qu'en secret à la dame il offre.
Mais, comme la dame l'ouvrait,
En tapinois Fayel entrait
Et découvrait tout le mystère.
Il ne prit pas son cimeterre,
Mais bien le coffre et le billet
Que de pleurs la belle mouillait.
Le billet disait : « Gabrielle,
» D'une blessure, hélas ! mortelle,
» Je vais mourir ; gardez mon cœur
» Qui vous aima de tant d'ardeur !
» Après ma mort, ô chère belle !
» Mon écuyer le plus fidèle

» Doit vous l'apporter en secret,
» — Et votre anneau — dans un coffret. »

Rêvant dans ce cœur sa vengeance,
Le mari sortit en silence.

A quelques semaines de là :
— « Par mes soins on prépare un plat,
» Un mets nouveau qui, sur mon âme!
» Va vous sembler exquis, madame, »
Dit-il. — Et malgré sa douleur,
Plus belle encor dans sa pâleur,
Elle obéit avec douceur.

Qui ne connaît la fin du drame ?
» N'avais-je pas raison, Madame,
» De vous vanter ce plat charmant?
» C'était le cœur de votre amant !...»
Depuis buvant au même verre,
Plus d'un couple amoureux révère
Le cœur de *Raoul*, le trouvère.

Devant ce donjon colossal,
On sent du pouvoir féodal

L'empire brutal et fatal ;
En l'on comprend que Louis Onze
Avec sa ruse ; — avec leur bronze
Richelieu, Mazarin, — aient fait
Tant d'efforts au si lent effet,
Pour le détruire ! On voit encore
Maint boulet rouillé qui décore
Les créneaux fendus de la tour,
Qu'un tremblement de terre un jour
Voulut ébranler à son tour.
Le géant invaincu résiste,
Et l'esprit nouveau qui persiste
Passe, et devant ces grands débris
Par la terreur presque est repris.

Oui, nid de vautours plus que d'aigles !
La dîme des blés et des seigles
N'encombre plus tes flancs profonds ;
Ceux qui jadis courbaient leurs fronts
Rien qu'à ton ombre, avec tes pierres
Changent en maisons leurs chaumières !

Nous n'irons pas à Montdidier,
Bien qu'il ait pour parrain Didier,

Prisonnier, là, de Charlemagne,
Après une piètre campagne.

D'Ailly, de Boves, de Longueau,
Rien n'est très-laid, rien n'est très-beau ;
Préparons-nous donc en silence,
Car vers Amiens le train s'élance,
Et c'est là que l'on peut enfin
Apaiser sa soif et sa faim.
En arrivant chacun s'écrie :
« Me voilà donc dans la patrie
Des pâtés d'Amiens ! » En effet,
On les trouve en tas au buffet.
La ville en canaux se divise ;
On dirait presque une Venise.
— Ville carliste, mais je croi
Qu'on n'y mourrait plus pour le Roi.
On y sent l'odeur de la tourbe,
Et dans ses marais on s'embourbe ;
Aussi, quand vint le choléra,
Que de gens il y dévora !
On sait alors quel bon génie
Fut l'Impératrice Eugénie,
Qui, prête à tous les dévoûments,

AMIENS.

Accourut au lit des mourants,
Douce et montrant combien la femme
Peut être héroïque par l'âme !
Pour Amiens ce grand souvenir
Est le fleuron de l'avenir !

Il avait déjà dans l'histoire
Quelques faits dignes de mémoire :
C'est là que, coupant son manteau,
Saint Martin, du meilleur morceau
Couvrit un pauvre ; — (qu'on l'imite) !
Et c'est là que Pierre l'Ermite,
Cet homme inspiré, hasardeux,
Autorisé par Urbain Deux,
Prêcha la première croisade.
En dépit d'un seigneur maussade,
(Le comte Enguerrand de Coucy)
Amiens, l'un des premiers aussi,
Contre la force féodale
Conquit sa charte communale ;
Enfin il a sa cathédrale !
Viollet le Duc en a dit
Qu'elle est, comme église ogivale,
Un pur type, sans contredit.

2*

Des basiliques qu'on renomme,
Excepté Saint-Pierre de Rome
Et Cologne à l'immense dôme,
C'est elle encor dont le pourtour
Vous fait faire le plus long tour.
N'attendez pas que j'énumère
Ses trésors de pierre et de verre :
Il faudrait la plume d'Homère !
Entrés, nous n'en pourrions sortir !
Et notre train va repartir.

Nous repartons ; le train s'enfonce
Sous des tunnels que je dénonce
Comme ayant détruit (les gredins !)
Deux ou trois des petits jardins
Entrecoupés d'eaux, de feuillages,
Qu'ils nomment des *hortillonnages*.
(Hortillonnage vient d'*hortus* :
Ce sont donc des savants en us
Que ces jardiniers !) On cotoie
Le grand bassin de *La Hotoie*,
Où se mire plus d'un tilleul,
Et l'on cherche en vain Saint-Acheul,
Où l'abbé Loriquet naguère
Tronquait l'histoire à sa manière,

Ne faisant de Napoléon
Que le général du Bourbon
Alors proscrit ! — Ailly-sur-Somme
Nous permettrait de faire un somme,
S'il ne fallait de Picquigny
Lorgner le château, ce vieux nid
Où firent mieux que de se battre
Deux rois, Louis Onze, Édouard Quatre,
S'engageant tous deux par serments
Pour une trève de neuf ans.
Ces monarques, d'après Comines,
Firent là de drôles de mines
Dans la posture où son récit
Les montre : Lisez ; le voici :
    « Un pont jeté sur la rivière
» Avait au centre une barrière
» Avec un treillage de bois
» Aux trous larges d'au plus deux doigts.
» Chacun des rois, avec prudence,
» De son côté vint en silence ;
» Puis, quand ils eurent conféré,
» Discuté, stipulé, juré,
» Leurs bouches des trous s'approchèrent
» Et non sans peine se pressèrent. »

Grâce à ce treillage entendu,
Aucun ne se trouva mordu.
Si le moyen semble baroque,
Il était sage à cette époque.

—Mais Hangest, Longpré, Pont-Remy,
Ne m'intéressent qu'à demi :
Hangest de toile a ses fabriques,
Longpré-les-Corps-Saints ses reliques,
Pont-Remy ses camps de César,
Dont maint savant parle au hasard,
Excepté monsieur d'Allonville.
— Ces larges tours, c'est Abbeville,
Les noires tours de Saint-Vulfran,
Dont le nom nous annonce un Franc;
Église sculptée en dentelles :
Peu de villes en ont de telles.
Admirez du triple portail
Le fin et compliqué travail,
Les niches pleines de statues
De riches habits revêtues,
Et représentant les patrons
Des corps d'état qui, par leurs dons,
Au monument contribuèrent

Et qui tous à l'envi l'ornèrent :
Hélas ! de plus en plus toujours
S'en lézardent murs, nefs et tours,
Et la ruine, quoiqu'on fasse,
Toujours de plus en plus menace !

On trouve ici mainte maison
Faite dans l'ancienne façon :
Façades en bois, où surplombent
L'un sur l'autre, étages qui tombent
En corbeille, dès le grenier ;
— Surtout celle où François Premier
(Numéro vingt-neuf de la rue
Des Tanneurs, d'ailleurs bien connue)
En l'an mil cinq cent vingt-sept, vint
Se liguer contre Charles-Quint.
Abbeville parmi ses pertes
Cite à bon droit Boucher de Perthes,
L'habile fouilleur, qui trouva
L'homme fossile, ou le rêva ;
L'homme, d'après ce docte juge,
Est antérieur au déluge !
Ainsi des haches de silex
Si fameuses ! Mais, *dura lex* !

La foule, de doutes imbue,
Aux vieux Gaulois les attribue.
Laissons la cause aux compétents
Et poursuivons. — Soyez contents !
La mer est près : à tout ce sable
Son approche est reconnaissable ;
Et déjà (vous avez souri)
Se découvrent Saint-Valery,
Le Crotoy dominant la baie
De Somme et, (plus d'un s'en effraie)
Ce pont, qui semble un fil dans l'air
Sur lequel le chemin de fer
La traverse et, plus prompt qu'une aîle,
A Saint-Valery joint Noyelle.
— Passants, êtes-vous assurés ?
Moi, mes vers en sont effarés !

Nous entrons en plein Marquentaire :
Autant de marais que de terre !
Mais, sur sa hauteur, le Crotoy
Hume un air pur, et plus que toi,
Saint-Valery, qui sent la vase,
Voit les baigneurs boire à son vase.
Que de chasseurs font leur butin

Dans les dunes de Saint-Quentin,
Dont les lapins, fécondes graines,
Peuplent, repeuplent les garennes !
Ces dunes (d'Eugène Pénel,
Mon charmant guide habituel,
Je veux rimer la belle image),
Ces dunes, à l'aspect sauvage,
Semblent d'immenses flots sans fin
Qui se seraient figés soudain !
Elles marchaient à la conquête
Du pays ; mais l'art les arrête,
L'art qui, par d'habiles semis,
Fixe les sables ennemis.

Tout ce qu'on peut dire de Rue,
C'est qu'elle est loin de s'être accrue.
Regardez à Montreuil-Verton,
Au loin ce petit clocheton ;
C'est un hôpital où l'on tente,
(Noble essai, mais bien longue attente !)
La guérison des scrofuleux,
Grâce à l'éther plus généreux
Qu'à pleins poumons chacun respire
A Berck-sur-Mer, un humble empire

De pauvres pêcheurs que le sort
N'a pas même dotés d'un port.
Pour dompter ce destin lugubre,
Leur force croît à l'air salubre.

Étaples doit être cité
Pour ses objets d'antiquité,
Et même aussi pour un traité :
— Cherchez lequel dans votre histoire ;
Moi, j'en veux perdre la mémoire.
Son port n'est qu'un tronçon de quai.
En consultant monsieur Souquet,
On voit pourtant que, misérable,
Il fut jadis considérable,
Et que dix vaisseaux de haut bord,
Armés de tribord à babord,
En sortirent (date fatale !)
Pour cette bataille navale
Où notre étoile se voila :
— Faut-il prononcer ce nom-là ?
Oui, bien que l'orgueil s'y refuse,
Nommons le combat de l'Écluse,
Car, si la chance nous trahit,
Notre courage y resplendit.

Deux stations avant Boulogne,
On se croirait dans la Sologne.
Au milieu des sables, Camiers
Devrait avoir quelques palmiers :
Il a du moins une eau limpide ;
Neufchâtel est encore aride.
De Pont-de-Briques le château
Possède un glorieux chapeau :
Lorsque le grand homme de guerre
D'une descente en Angleterre
Caressait encor le projet,
C'est là que souvent il logeait.
Combien de décrets homériques
Par lui signés à Pont-de-Briques !
Que de fois il en fit le tour,
Lorgnant sa flotte avec amour !
Or, son valet de chambre un jour
S'aperçut que trop de poussière
Encrassait la coiffe guerrière
De son maître : Le vieux chapeau
Fut remplacé par un nouveau.
Là depuis le vieux chapeau reste,
Dont un certificat atteste
La célèbre authenticité,

Et qui par tous est visité,
En attendant, que dans le Louvre,
Devant lui chacun se découvre.

Pont-de-Briques, lieu solennel,
Dès que l'on sort de son tunnel,
Vous ménage un coup de théâtre ;
De Boulogne, en amphithéâtre,
Aux regards se groupent soudain
Les bâtiments dans le lointain,
Que domine, parlant à l'âme,
Le haut dôme de Notre-Dame.
Cette église, chère au marin,
Est construite sur un terrain
Consacré par une chapelle
Que cette légende rappelle :

NOTRE-DAME DE BOULOGNE.

Le miracle suivant, au temps de Saint-Omer ;
Eut lieu, dit la légende, à Boulogne-sur-Mer.

Un soir, devant l'autel où brûlait plus d'un cierge,
Les marins à genoux priaient la bonne Vierge.

La Vierge tout-à-coup, qui descendait des cieux
Avec l'Enfant-Jésus, apparut à leurs yeux.

« Puisque vos cœurs sont purs, dit-elle, votre hommage
» M'attire parmi vous ; je veux que mon image

» Et celle de Jésus, debout sur cet autel,
» Restent, quand nous serons remontés dans le ciel.

» Courez au port ; ce don, un bateau sous l'escorte
» Des anges, un bateau lumineux vous l'apporte. »

Ils volent. Et voilà que, dans la sombre nuit,
A leurs regards émus au loin sur l'onde luit,

Plus vive qu'une étoile, une étrange lumière
Qui s'approche toujours plus distincte et plus claire.

Et bientôt un esquif, sans rame et sans effort,
Sur les flots aplanis s'avançait dans le port.

Nul marin, aucun bruit de voile, de parole ;
Mais au milieu du pont planait une auréole,

Une auréole d'or et d'azur , éclairant
Le front pur de Marie et du divin Enfant.

Et la Vierge, un moment sur l'autel apparue,
Ressemblait trait pour trait à la douce statue.

De lui-même l'esquif à la rive aborda
Le peuple tout entier soudain s'agenouilla ;

Puis un essaim pieux de prêtres et de vierges ,
Marchant vers le navire à la lueur des cierges ,

Alla prendre en triomphe et porta sur l'autel
Ce merveilleux portrait de la Reine du Ciel.

———————

Depuis , aux époques diverses,
Elle a subi bien des traverses ;
Nous l'ayant prise , les Anglais
La rendirent cinq ans après ;
Puis les Protestants la jetèrent
Dans un puits , où la retrouvèrent
Des marins qui la replacèrent

Sur le même autel radieux,
Toujours béni des cœurs pieux.
Puis vint, hélas ! quatre-vingt-treize
Qui devait la réduire en braise,
Par les ordres d'André Dumont,
Un représentant du démon...
— Et du peuple ! Une main sauvée
En est aujourd'hui conservée,
Objet d'un culte encor pareil,
Dans un riche cœur de vermeil
Que porte (doux, suprême hommage !)
A son cou la nouvelle image.
Le nouveau temple où maintenant
Son encens brûle permanent,
Et d'où l'on voit à flots descendre
Les pèlerins prompts à s'y rendre,
Des vieilles ruines sorti,
Phénix qui renaît de sa cendre,
A la même place est bâti.
Ainsi la jeune basilique
Honore l'ancienne relique.

La gare, où nous nous arrêtons,
A de gothiques clochetons.

Si cette architecture étonne,
L'effet n'en est pas monotone.
Du pont où vers la ville on sort,
On voit dans sa longueur le port,
Qu'au fond l'*Hôtel des Bains* domine.
— Mais je suis loin d'aimer la mine
Que fait cette étrange ruine
Sur l'aquarium se tordant
Comme une colossale dent
Renversée! Aux quais se profile
Le fronton de la basse ville,
Lequel a surtout fort bon air
Depuis le socle de Jenner
Jusqu'à la Douane. Quant aux rues
Des pêcheurs, de filets tendues,
Elles semblent tomber des nues :
Pittoresques, de près, de loin,
Jacque, Leleux, Edmond Hédouin,
Les croqueraient avec grand soin !
La haute ville est vraiment haute;
N'y pas monter est une faute :
Des remparts on plane à l'entour.
Le vieux château, par mainte tour,
Dit que les comtes de Boulogne

N'y pouvaient, sans rude besogne,
Être assiégés, incommodés :
Ceux qu'il garde sont bien gardés,
— Même de nos jours ; et la preuve,
C'est qu'à sa malheureuse épreuve
De Wimereux, Napoléon
S'y vit cerné comme un lion.
L'été, du côté des falaises,
Bourdonnent des essaims d'Anglaises,
Guêpes par la taille et (bien mieux)
Filles d'Ève par les cheveux
Qui, pareils aux rameaux des saules,
Leur descendent sur les épaules :
Ce sont autant d'Ophélias
Laissant les blancs camélias
Aux yeux noirs des Cornélias.
Les cochers, nul ne s'en étonne,
Nous parlent tous de *la Colonne.*
Donc, en route et fouette, cocher !
De là-haut, mieux que d'un clocher,
Nous suivrons la ligne onduleuse
Du vieux camp : Honvault, Ambleteuse,
Sans compter Douvres blanchissant
Et le mont Cassel bleuissant,

Et le cap Gris-Nez qui se penche,
Attendant son pont sur la Manche.

De Boulogne, après ce relais,
On peut repartir pour Calais.
Sur un viaduc en dos d'âne,
On franchit d'abord la Liane,
Et puis, sous un double tunnel,
Dont le premier est solennel,
On s'engouffre, et voici Wimille.
Wimereux est distant d'un mille.
S'il n'est qu'un hameau, Wimereux,
Deux épisodes malheureux
L'ont illustré : Sur une pierre
On lit que de sa montgolfière
En feu, Pilatre du Rosier
Y tomba, vaillant pionnier
De la science ! Je salue
Sa tombe déjà vermoulue.
Marquise, de ses hauts-fourneaux
Presse la flamme et les marteaux ;
De plus, pour son marbre, à Marquise
Une belle palme est acquise,

Ainsi qu'à Ferque, à Landrethun.
Ferque a ses contes, j'en cite un :

LA DANSE DES NOCES.

Sur ce sol de roche et de marbre,
Rebelle aux racines de l'arbre,
Neuf pierres — la grande au milieu —
Du respect que l'on doit à Dieu
Témoignent. Voici leur légende :

D'une noce la folle bande,
Entourant un ménétrier,
Plus prête à danser qu'à prier,
(L'histoire est, dit-on, authentique),
Rencontra le saint viatique
Qu'un prêtre, en ce même moment,
Avec un grand recueillement,
Portait à quelque mourant blême.
La noce, digne d'anathême,
Loin de s'agenouiller, dansa !
Soudain, le soleil s'éclipsa ;

3*

Au ciel retentit le tonnerre,
Et l'on sentit frémir la terre :
La bande était changée en pierre !
Du ménétrier qui marchait
Au centre, on montre encor l'archet.

———————

Caffiers m'ennuie autant que Guines,
Qui, du moins, a quelques ruines
Et sa forêt, mais à l'écart,
Où jadis descendit Blanchard,
Avec un Anglais, Jefferies,
Pour l'honneur de leurs deux patries,
Après avoir, d'un vol adroit,
En ballon franchi le détroit.

Saint-Pierre, important par son tulle,
A bon droit se plaint et postule,
Postule pour être majeur
Et se plaint d'être encor mineur !
En vieux majeur Calais résiste,
En vieux mineur Saint-Pierre insiste ;
Ainsi Nantes tient l'interdit

CALAIS.

Sur Saint-Nazaire qui grandit
Et demande qu'on l'émancipe,
Ce qui me semble un sain principe.
Faudra-t-il braquer le canon
Sur Calais qui toujours dit : **Non?**
Saint-Pierre a plus de vingt mille hommes,
Et n'a pas encor ses prud'hommes !
J'en suis vraiment fort révolté ;
A quoi pense l'autorité ?
— Remarquez ces champs de pierrettes :
On les nomme les *Fontinettes ;*
Est-ce ici, mer, que tes galets,
Jadis tu les amoncelais,
Pour en décorer tes rivages ?
Les poux et les herbes sauvages
En moins grand nombre assurément
Renaissent, et moins promptement,
Que ces cailloux : — s'ils étaient perles !
— A défaut de grives, des merles.

Calais réveille dans l'esprit
Le souvenir partout écrit
D'Eustache de Saint-Pierre ; Sterne
N'y semble pas non plus trop terne,

Bien que sa chambre, *Hôtel Dessin,*
En une école de dessin
Ou de plain-chant soit transformée ;
Tout passe ainsi, vaine fumée !
Vous avez tous lu de Belloy ;
Avez-vous vu tous le beffroi
De Calais ? Légère, fringante,
Sa flèche à jour est élégante.
On admire sous le cadran
Deux cavaliers, l'air conquérant,
Dont l'un contre l'autre s'élance,
Quand l'heure sonne et, de leur lance,
Prêts à se faire autant de trous
Que le marteau frappe de coups.
Deux bustes noirs, Richelieu, Guise,
Assez laids, — en toute franchise, —
De la façade ornent la frise.
Le phare est très-beau ; cependant
J'aime mieux celui de *Waldam,*
Qui, du côté de Gravelines,
Se dresse sur ses jambes fines,
Comme un gigantesque héron
Prêt à pêcher un gros poisson ;
Du métal le moins périssable

Ses pieds sont vissés dans le sable ;
Et l'on ne les aperçoit plus,
Quand la vague se gonfle au flux.
Au guetteur qui, là-hauf, médite,
On porte en canot sa marmite.

Comment ici l'on vit d'ailleurs ?
On peut couler des jours meilleurs,
Surtout plus ensoleillés ; Cannes
Montre des cieux plus diaphanes ;
Paris a des acteurs plus forts ;
Mais ici passent des mylords ;
Et quand l'ouragan se déchaîne,
On sent vibrer la fibre humaine. —

Après la moisson, le regain.
Je finis donc par le *Courgain*,
Faubourg où la gent maritime,
Très-brave et très-digne d'estime,
Sur un pauvre et frêle bateau,
Du berceau s'avance au tombeau :
Ce Courgain est un vrai ghetto.
Les filles en sont gentillettes,

Et prennent des airs de coquettes,
Sous leurs longs tuyaux de cornettes,
Avec leurs courts et bleus jupons,
Leurs croix d'or, leurs lourds médaillons,
Leurs bas rouges, leurs pieds mignons,
Dont elles montrent les talons.

Muses, aimez-vous l'Angleterre?
« — Si près d'elle, il vaut mieux se taire
» Que d'en parler d'un ton amer.
» Donc, nous craignons le mal de mer...
» N'en a-t-on pas d'ailleurs la vue,
» De Calais? Et dans la *Revue —*
» — *Britannique,* AmédéE Pichot
» (AmédéE offre un *e* de trop)
» Ne nous sert-il pas toujours chaud
» Ce que fait de mieux la cuisine
» De notre spleenique voisine?
» Pichot qui, pour premier fleuron,
» A si bien traduit lord Byron !
» Mène-nous plutôt vers la Flandre,
» Dont parfois tes vers ont su rendre
» Les prés, les vergers, les troupeaux;
» Nous aimons surtout ces tableaux : »

LE PAYS DE RUYSDAËL ET DE TÉNIERS.

Aux prés de Ruysdaël, viens, frayons notre route,
De Paul Potter encor mainte génisse y broute;
Le long des clairs ruisseaux hantés par les lézards,
Nous verrons scintiller l'argent des nénuphars;
Dans l'herbe nous verrons les bœufs aux grandes cornes
Vers le soleil plus bas tournant leurs regards mornes,
L'âne rétif et dur qui sait vivre de peu,
Les chevreaux bondissants et toujours prêts au jeu,
Et, symbole charmant des grâces éphémères,
Les folâtres poulains pendus aux flancs des mères.

Mais voici la barrière où finit le verger.
Au talus du chemin grimpons d'un pied léger.
J'aperçois le canal, ligne droite, que longent
Les peupliers tremblants dont les ombres s'y plongent;
Là, trotte la fermière allant vendre au marché
Son beurre en blanc baril sur la croupe attaché;
Là, je vois ondoyer, vagues de plusieurs lieues,
Les blés aux tiges d'or, les lins aux crêtes bleues.
— Salut aux volets verts! des femmes juste orgueil,

Étains, cuivres et grès reluisent sur le seuil,
Et la maison qu'on lave et pare jusqu'au faîte,
Semble annoncer gaîment que demain sera fête.
Vois déjà les fumeurs devant les cabarets
Où deux noyers branchus font un ombrage frais,
Sous lequel bien souvent se glisse en un coin sombre
Ce *buveur* que Téniers laisse trop voir dans l'ombre.
A demain donc, au bruit des grêles carillons,
Tous ces jeux où l'on court, quand chôment les sillons :
Les perches à l'oiseau, qui font, chaque dimanche,
S'assembler les archers sous une tente blanche;
Les tirs où de Saint George et de Saint Sébastien
Parmi tous les états l'adresse s'entretient;
De la flèche et du trait bruyantes confréries
Que l'on voit aux grands jours traverser les prairies,
Tambour et flûte en tête et rubans au chapeau,
Fières des prix d'argent pendus à leur drapeau.

Que dirai-je de plus? Montrerai-je la bierre
A flots bruns et mousseux crépitant dans le verre;
Le jambon rougissant dans les lourds plats d'étain,
Les gars se trémoussant du soir jusqu'au matin,
Bacchanale qu'à temps la nuit d'un voile couvre,
Et qui revit sans frein dans un Rubens du Louvre?

Flandre, je suis ton fils, car je sautais, enfant,
Dans les prés où la Lys t'arrose et te défend.
Souvent j'ai parcouru ta fertile patrie :
Ypres qui dort en paix dans sa verte prairie ;
Poperingue, au milieu des verts houblons ; Anvers,
Dont la flêche et Rubens sollicitent mes vers ;
Tournay, qui fait songer à Fontenoy ; Malines
Dont on paie à prix d'or les dentelles si fines ;
Liège où l'on plane à pic sur la Meuse ; Seraing,
Plein des bouillonnements du fer et de l'airain ;
Gand, long, bruyant, grouillant, qui vit Charles-Quint naître ;
Ostende, mort l'hiver, que l'été fait renaître ;
Louvain, vantant sa bière autant que ses docteurs ;
Bruxelle, encor en deuil de ses contrefacteurs ;
Bruge enfin, où souvent mon rêve aîlé s'envole ;
Bruge, antique cité, catholique, espagnole,
Où femmes, toît, balcons, tout réclame un tableau,
Où la vierge aux yeux noirs provoque un Murillo.

LA CHAUMIÈRE DU TISSERAND.

Sur le coteau voyez ce chaume souriant :
Son aspect réjouit le passant qu'il attire ;

Dans ses vitraux plombés le soleil aime à luire ;
La vigne étreint le seuil qui s'ouvre à l'orient.

On doit vivre heureux là, travaillant et priant.
Entrez et regardez : propreté qu'on admire !
Comme l'humble vaisselle est brillante ! On s'y mire.
Qu'avenante est la vieille à son rouet bruyant !

Descendez au jardin par les marches de pierre :
Il parfume, il égaie, il nourrit la chaumière ;
Aux flexibles rameaux grimpent les petits pois.

Respirez l'aubépine au rebord de la haie ;
Surtout n'ayez point peur si du chien, qui s'effraie
Et tourne sur sa chaîne, éclatent les abois.

LES SAULES.

J'aime le tronc moussu des saules :
Il se penche sur les ruisseaux,
Voilant ses rugueuses épaules
De jets qui pendent dans les eaux.

Il est aride, il est sans force ;
Il est tordu, creux et miné ;
Le temps écailla son écorce ;
Mais son vieux front est couronné,

Est couronné de jeunes pousses,
D'herbes vertes, de fraîches fleurs,
Qui jaillissent des sombres mousses
Et mêlent leurs vives couleurs.

Aux libres jours de mon enfance,
Vieux saules toujours vénérés,
Que de fois, bravant la défense,
J'ai cueilli vos rameaux sacrés !

Que de fois, aux champs de la Flandre,
Mes doigts souples et plus légers
Firent de cette écorce tendre
La flûte des premiers bergers !

Dans ce pays de forte sève,
Vous entourez l'enclos dormant
Et le champ de lin ou de fève,
Comme un naïf encadrement.

Vous êtes de généreux arbres
Et ne conservez rien pour vous.
L'hiver, on croit voir de blancs marbres,
Quand la neige a comblé vos trous.

La hache, aux derniers jours d'automne,
A coupé votre frondaison ;
Seule alors, la chouette entonne,
De vos flancs meurtris, sa chanson.

Mais, dès avril, vos fronts bourgeonnent,
Et, pressés de s'épanouir,
Vos jets verts en tous sens rayonnent
Pour quiconque veut en jouir :

Pour l'enfant qui tresse en corbeille
L'osier gracieux et pliant;
Pour l'oiseau qui chante ou sommeille
Au bout du rameau scintillant;

Pour le piéton cherchant l'ombrage;
Pour le cheval, sur le chemin ,
Dont la bouche atteint au feuillage
Bien mieux que l'homme avec la main.

LE LIN.

Chantons tous le lin qu'on bénit
Dans les vallons et les montagnes ;
Le lin nourricier qui fournit
Le travail aux pauvres campagnes ;

Le lin qui protège les mœurs,
En rassemblant au seuil tranquille
Les parents, les fils et les sœurs
Autour de l'aïeule qui file.

Sous les doigts prompts du tisserand
La trame se remplit sans trève :
Lundi la toile s'entreprend,
Samedi soir elle s'achève.

Puis c'est le tour du blanchisseur :
Le lin tissé, dans les prairies,
S'étend sur la molle épaisseur
Des herbes hautes et fleuries.

Aux baisers de l'air, du soleil,
Le lin qu'à flots clairs l'onde assiége,
S'embellit d'un éclat pareil
Aux vierges flocons de la neige

— Et le prodige est accompli !
Maintenant taillez dans la toile.
Comme une aile, au mât assoupli,
Qu'elle palpite, blanche voile !

Qu'elle brille au banquet royal,
Sous le vermeil qui la décore !
Sous le chaume, au repas frugal,
Qu'elle brille bien plus encore !

Honneur plus grand ! Si le soldat,
Frappé d'une balle trop sûre,
S'arrache sanglant du combat,
Qu'on l'effile sur sa blessure.

Linge usé, lambeau sans valeur,
Sa gloire n'est point éclipsée ;
Car, transformé par le fouleur,
Il porte en tous lieux la pensée.

E. MEUNIER
LILLE

Ardres, qui vient après Saint-Pierre,
Est cité pour son pont de pierre,
Dont on dit : le *Pont sans pareil*,
Comme on le dirait du soleil !
Mais un autre titre de gloire
A gravé son nom dans l'histoire :
Tout près fut le *Camp du Drap d'or*,
Dont les points sont marqués encor.
Calais rappelle la rencontre
Sur son horloge, qui nous montre
Henri Huit et François Premier
Comme deux pions sur un damier.
Audruicq fabrique des chaises,
Où l'on trouve assez bien ses aises ;
Watten, des débris de sa tour,
A fait son étable et son four !
A Saint-Omer, je crois, les prêtres,
Comme au bon temps sont encor maîtres ;
Saint Thomas fonda *Clairmarais*,
Où Thomas Becquet vint, après
Qu'il se fut enfui d'Angleterre.
Une île flottante naguère
Se voyait encor près de là,
Dans les eaux vagues de l'Aa ;

Mais elle a sombré sous les saules
Qui pesaient trop sur ses épaules.
Tout ce sol, de brumes trempé,
De canaux est entrecoupé.
On va planter ses choux en barques.
Un regard au château-fort d'*Arques.*
A Saint-Omer, voyez soudain
L'ex-cathédrale et saint Bertin.
L'ex-cathédrale a sa *sainte Anne*
Et son *grand Dieu de Thérouanne,*
Dont les plus anciens du pays
Font les plus étranges récits.
Si l'on en croyait la chronique,
Avec une statue antique,
(Quelque Teutatès druidique),
Des gens qui n'y connaissaient rien
Ont fait un Christ d'un dieu païen !
En effet, regardez-le bien
Ce Christ au terrible maintien,
Dans une visite prochaine :
Il est ceint de feuilles de chêne,
Non d'épines. — Mais, selon moi,
Qu'importe ! puisque c'est la foi
Qui sauve, et qu'ainsi la foi change
Plus d'un profane amour en ange !

Les bons moines de saint Bertin
Perdaient quelquefois leur latin.
Ainsi ces moines sans malice
Crurent un jour qu'un maléfice
Était tombé sur leur office.

Depuis quelque temps s'éclipsait
Tout mets friand qu'on y laissait,
Sans que le portier, à sa honte,
Du comment pût se rendre compte.
« Je guetterai, dit le prieur,
» Cette nuit, et gare au voleur ! »
Armé d'une lanterne sourde,
D'une poularde et d'une gourde,
Avec grande précaution
Il se met donc en faction.
Vers minuit — (c'est l'heure du crime !)
Il entend comme un bruit de lime
Qui d'abord faiblement s'escrime.
Par degrés le son est plus sourd ;
Il cesse et reprend tour-à-tour ;
Puis, la sourde rumeur est celle
D'une dalle que l'on descelle ;
Puis soudain l'écho saccadé
D'un pas furtif, intimidé ;

Puis c'est un fracas dans l'armoire.
— Jugez si, par cette nuit noire,
Le pauvre prieur, qui priait,
Dans tous ses membres frissonnait !
Pour l'achever, un bruit de chaîne
Qui lentement sur le sol traîne,
Succède et croît. Plus mort que vif,
Le prieur, d'un bond convulsif,
S'élance, invoquant son bon ange,
Vers l'ennemi. — Spectacle étrange !
A la lueur de son fallot,
Il voit un énorme crapaud
Qui rampe, traînant un gigot,
Vers un trou béant de la salle,
Qu'à moitié recouvrait la dalle ;
Et, tout au fond du trou grouillants,
Cinq gros lézards tout frétillants :
Ils y vivaient en compagnie
Du bon crapaud, dont le génie
Chaque nuit trouvait le butin
Nécessaire au commun festin.

J'achève à peine ma légende
D'une couleur trop allemande,

Qu'Ebblinghem est passé! Le train
Va donc d'un plus rapide train,
Comme un cheval se précipite,
S'il sent l'avoine qui l'invite ;
Hazebrouck est la station
Qui lui donne sa ration
De houille et d'eau. Prenons la voie
Qui vers Dunkerque se déploie.
Hazebrouck est encore un point
Où tout se joint et se disjoint ;
On y vient de Paris, Cologne,
Douai, Valenciennes, Boulogne ;
Chassez-croisez universel !
— Cette montagne, c'est Cassel,
D'où les clochers de cent villages
S'aperçoivent dans les feuillages,
Sans compter les villes ! Arneck
Vaut un salut comme Esquelbecq.
Bergues, loin d'une double lieue,
A sa *Tour-Blanche* et sa *Tour-Bleue*,
Et son beffroi tout espagnol
Qui semble dédaigner le sol.
Si Bergues n'a point de théâtre,
Il possède un grand saint en plâtre.

Un grand saint à bon droit vanté,
Qui guérit la stérilité :
Il faut, du plâtre qu'on révère,
Mêler quelques grains dans son verre;
Mais ne soyez pas maladroit,
Et ne grattez qu'au bon endroit.
Que dis-je! Toutes le connaissent
Ce bon endroit; toutes s'y pressent;
Car il paraît usé, froissé,
Quoique sans cesse remplacé!

Donc, à juste titre, on renomme
Saint-Winoc, — ainsi qu'on le nomme.

Dans un bateau, qu'aide un cheval,
A Dunkerque par le canal
On doit aller, pour bien entendre
Le flamand de la belge Flandre,
Seul langage que parle ici
Le peuple et maint bourgeois aussi.
D'après l'usage séculaire,
Ce véhicule est populaire
Pour se rendre au marché. Les œufs
Qu'on y peut mettre avec les bœufs,

Craignent moins ces allures douces
Que les rails aux brusques secousses.

Les Dunkerquois, fiers de Jean-Bart,
Aiment leur tour, leur *Leuguenar*,
Dont l'absence (pleure, élégie !)
Les fait tomber en nostalgie.
Le sang d'Espagne se fait voir
Dans la pétulance et l'œil noir
Des femmes, comme leur mantille
Imite celle de Castille.
Je recommande aux étrangers
Le Jean-Bart de David d'Angers.
Quant au carrillon de Dunkerque,
Sans doute qu'au temps d'Albuquerque
On l'ignorait ; mais aujourd'hui
Le monde entier est plein de lui.
On a mis partout sa cadence :
Oui, jusque dans la contredanse.
S'il fut jadis dûment loué,
Il est maintenant enroué.

Furnes et Courtray, gente ville,
Mènent par la Belgique à Lille,

Et de la sorte on ne doit pas
Revenir sur ses premiers pas.
Mettez le nez à la portière,
Pour sentir l'odeur de frontière.
Point ne me trompais ; c'est Mouscron !
— Qui va là ? — Français et Luron !
Nul retard ; la douane est aimable.

Roubaix à Tourcoing est semblable :
Usines, machine à vapeur,
Gaz, cheminée, ah ! ça fait peur !
La laine, le coton, la soie,
Tout ce qu'on tisse, coupe et ploie,
Pour en faire robe, ornement,
Tapis, tenture, vêtement,
S'y fabrique admirablement !

Tourcoing avait moins de génie,
Quand le poète Cottignie,
Autrement dit *Brûle-Maisons*,
Se gaudissait dans ses chansons
Sur la naïveté connue
De cette peuplade ingénue.
Souvent, sans doute, il augmentait

Les exemples qu'il en citait ;
Parfois même il les inventait.
En voici deux que je répète :
Un Tourquennois, sur sa brouette,
Charge des perches à houblon,
De douze à quinze pieds de long,
Et les pousse d'un pas tranquille
Vers leur destination, Lille.
Voilà qu'aux portes de la ville,
Ses perches étant en travers,
Il se met la tête à l'envers,
Pour pénétrer ! Sans un miracle
Il ne pourra franchir l'obstacle :
La porte a bien moins de largeur
Que ses perches n'ont de longueur !
Pour passer ces portes étroites,
Il n'avait qu'à les mettre droites
Ses perches ; moyen simple, mais
Que l'homme ne trouva jamais.

Un autre, rêvant un beau lucre,
Va planter des morceaux de sucre,
Pour récolter autant de pains !
— Mais ces temps sont déjà lointains,

Et les Tourquennois de notre ère
Ne plantent plus leur sucre en terre :
Produits, esprit, — comme à Roubaix,
Rien à Tourcoing n'est au rabais.
Ces Messieurs, par leur industrie,
Font grand honneur à leur patrie !
On les décore... — Quels remparts !
— C'est Lille, on en a fait deux parts ;
La neuve ici, là-bas l'ancienne,
Qui vaut, certes, qu'on s'en souvienne,
Car c'est là que nos canonniers
Ont cueilli leurs plus beaux lauriers.

En mil sept cent quatre-vingt-douze,
(Plus d'une ville en est jalouse),
Trente-cinq mille Autrichiens,
Qui nous traquaient comme des chiens
Enragés, — vaine, rude tâche !
Neuf jours et neuf nuits sans relâche,
Bombardèrent, braves Lillois,
Vos murs, et brulèrent vos toits.
Vos maisons devinrent vos tombes.
Vos femmes saisissaient les bombes,
Sans broncher devant leurs éclats ;

Les enfants même étaient soldats !
Vos canonniers si bien pointèrent,
Qu'au moins cent canons éclatèrent
Chez l'ennemi qui, tout confus,
Leva le siége et ne vint plus !
Déjà dans d'égales épreuves,
Lille avait jadis fait ses preuves
De bravoure : Louis-le-Grand
N'en devint pas le conquérant
Sans grands efforts ni grande gène.
Malborough et le Prince Eugène
Virent si les Lillois, enfin,
Se rendent avant que la faim
Les ait décimés ! Patriote,
Lille encor de Jeanne Maillotte
Est bien fille — et de ces héros.
— A son poète Desrousseaux,
Le gai poète populaire
Dont l'accent, muses, doit vous plaire,
Demandez de Lille un portrait :
Il vous la peindra trait pour trait,
Dans la charmante bonhomie
De son patois qu'on calomnie
Et qu'avec tant d'art il manie,

Pour ne pas dire avec génie.

Desrousseaux de Lille est la fleur,

Tout comme Nadaud est l'honneur

De Roubaix : du Nord les deux cygnes !

Si Jasmin et Mistral sont dignes

De voir leur patois applaudi ,

Alors qu'ils chantent au Midi ,

Desrousseaux a les mêmes titres ,

Devant d'équitables arbîtres ,

Pour qu'on applaudisse aussi fort

Ses chefs-d'œuvre en patois du Nord.

Je le trouve vraiment épique

Et dois m'y connaître , et m'en pique.

Pour mieux le lui dire autrefois

J'ai tenté d'imiter sa voix ,

Et veuillez ou non le permettre ,

Je reproduis ici ma lettre :

A DESROUSSEAUX , A LILLE.

J' volos toudis t'écrir' eun' biell' canchon ,
Dins tin lingache et dins ch'ti d' Brûl'-Mason ;
Mais pus j' busie à cheull' fameuse affaire ,
Min fleu, pus j' jocqu' là sans trouver qu'mint faire.

Ch' n'est point, je l' pins', va, que j' n'aros point d' quoi
T' canter : on trouv' bien toudi' eun' séquoi !
Chin qui m'impéch' l' puq', ch'est l' gai parlache ;
Dins m' bouqu', m' langu' fait fort maj'mint s' n'ouvra

Les Lillos, ch'est d' fort brav's gins, awi !
Et ti, te n' n'es-t-eun brav' comm' eusse, ami.
Par tes canchons te les fais riré ou braire ;
In t'acoutant, i sint'nt moins leu misère !
Tous l's amoureux, fillettes et garchons,
S' bagent bien mieux en oyant tes canchons ;
Et l' vieux filtier, feumant, buvant s' canette,
Intind tes r'frains et, joyeux, les répète.

Les gins d' Calais, incor pus du Courgain,
S' sont régalés avec tin *P'tit Quinquin*
Et l' ritournell' d' *l'Habit d' min vieux grand père.*
J' n'étos point là. — Vétiez queull' chanc' prospère :
Jusqu'à m' mason, l' gai canteu Desrousseau
A v'nu li même avec l'avocat L'Beau,
Pour mi tout seu, in pernant s' pu biell' voisse,
Dire s' canchon mieux qu'eun chantre d' paroisse.

Eune auter fos, quand vous ven'rez incor,
N'obliez mi, biau canteu à l' bouqu' d'or,
Que j' vous atteinds comme eun vieux camarate,
Pour qui tertous vos vers in infilate,
Implichent s' tièté : i vous faudra deinner
Avec mi ; cha s'rot peu que de rechenner !

Et nous d'vis'rons in vieux langache d' Lille ;
Car j' connos Lille et j'aim' bien cheull' bonn' ville.

———————

Mais continuons vers Bailleul ;
Tout est luxuriant à l'œil ;
La vache se perd dans les herbes ;
Quels poulains, quels taureaux superbes !
Aux perches le houblon se tord ,
Cette vigne amère du Nord.

On disait jadis d'Armentière
Qu'elle était moins riche que fière ;
On peut la dire maintenant
Très-riche et fière à l'avenant.
Je lui rends ce tardif hommage ,
Car je l'oubliais ; quel dommage !
Elle a ses titres . entre tous ,
Sa toile et sa maison des fous.
Elle vient après Pérenchies , —
Dites les étymologies
De ce nom-là , si vous l'osez ;

Mais à bon droit vous vous taisez).
Steenwerck,—mot qu'il faut qu'on renove,
A le château de Niewenhove,
Un des vieux châteaux disparus
Que cite en latin Sanderus.
Si Steenwerck est trop dur, Strazele
Doucement rime avec gazelle,
Et l'on aime, en pays flamand,
A trouver ce gazouillement.

Nous sommes dans les grasses terres,
Juste orgueil des propriétaires ;
On voit fumer les noirs sillons :
Des blés les épais bataillons
(Loin de tuer, ceux-là nourrissent)
Drus et sonores en jaillissent.
Des chemins qu'on ne pave pas,
Sont bordés de *pierres de pas,*
Où le pied exercé se joue,
Mais où le maladroit échoue
Et fait son portrait dans la boue !
Il faut aux souliers de gros clous,
A la main un baton de houx.
Hazebrouck reparaît, on passe ;

5

Steenbecque bientôt le remplace,
Puis Thiennes, Aire-sur-la-Lys,
A qui plaisaient les fleurs de lis.
On vante les saucissons d'Aire,
Mais ce n'est point là notre affaire.
A notre gré, vers Saint-Venant
Est un sujet plus avenant :
C'est *Isbergue*, et, dans sa chapelle,
La châsse d'Isbergue ou Giselle ;
— Choisissez entre ces prénoms,
Car la sainte avait ces deux noms.
Du sang de France et d'Allemagne,
La noble sœur de Charlemagne
Visitait souvent dans ces bois
Un pieux ermite, autrefois
Officier de Pépin. L'ermite
Était son conseil. — « Que j'imite
Vos vertus, disait-elle au saint,
C'est mon seul vœu, mon seul dessein ! »
Pour se consacrer à l'église,
On la vit refuser la main
De trois princes, dont Adalgise
Fut le dernier. Mais le second
(Je ne sais quel Anglo-Saxon),

Vit dans ce refus un affront,
Et, comme auteur d'un tel outrage,
Tua, tout délirant de rage,
L'ermite dans son ermitage.
Giselle alors se retira
Dans un monastère et pleura,
Et lors qu'enfin elle expira,
D'après son ordre, un oratoire,
En monument expiatoire,
Surgit là même, où maintenant
On l'invoque avec saint Venant.

Lillers propose à qui s'attarde
Ses blés, ses lins et sa moutarde ;
On y vend aussi des chevaux
Taillés pour les rudes travaux.
Chocques, s'il n'avait la *Clarence*,
Mériterait l'indifférence.
Béthune, d'un bassin houiller
Qu'on ne laisse pas sommeiller,
Est vraiment l'âme, et s'incorpore
Dans le château de Roquelaure,
Aujourd'hui château d'*Annezin*,
Où logent du nouvel Anzin

Les directeurs. Nœux a sa fosse
Qui lui fera rouler carrosse.
— Sur ces bras de fers accoudé,
Contemplez l'arbre de Condé,
Sous lequel le grand capitaine,
Poudreux, sanglant, reprit haleine,
Après la victoire de Lens.
Hélas ! tout miné par les ans,
L'arbre est bien prêt de rendre l'âme !
Lens n'a pas besoin de réclame,
Il est cause que j'oubliai
Vos humbles noms, Bully, Grenay,
Noms qui pourtant sont dans mon livre
Et que Farbus, Wimy vont suivre.
Un mot des femmes d'Achicourt :
Sont-ce des femmes ? Le bruit court
Qu'oui ; sur ce point je suis sceptique ;
Nulle de grâce ne se pique ;
Plus d'une, enfourchant sa bourrique,
La pipe aux dents court au marché ;
Ou, du jus de tabac maché,
Lance, d'un air rude et farouche,
Un jet noir qui sort d'une bouche
Aux perles plus noires encor !

Chacune est pourtant un trésor
Pour sa maison et pour son homme ;
Car fort peu de bêtes de somme
Travaillent plus, et sur leur dos
Porteraient de plus lourds fardeaux !
On dit que leurs mœurs sont honnêtes ;
Soit ! Mais quels pieds et quelles têtes !
Ce beau sexe a son cabaret
Où pas un homme n'entrerait.

Si sans doute Arras est peu fière
De la maison de Robespierre,
Elle a, ce que d'autres n'ont pas :
Sa *Grand'Place* et ses *cœurs d'Arras*.
Là, quand les Français assiégèrent
Les Espagnols, ceux-ci crièrent :
» Quand les Français *prendront* Arras,
Les souris mangeront les chats ! »
Mais les Français y pénétrèrent,
Puis aux Espagnols qui filèrent,
Plus justement ils ripostèrent :
» Quand les Français *rendront* Arras,
Les souris mangeront les chats ! »

Il convient aussi qu'on rappelle
Sa miraculeuse chandelle.
Donc remontons vers douze cents :
Un fléau, le *Mal des Ardents*,
Y régnait, pire que la peste.
Pour fléchir le courroux céleste,
On essayait tout, mais en vain.
Dans un endroit proche, il advint
Qu'un ménétrier eut ce rève :
« Le mal d'Arras ne fera trève
Que le jour où le peuple entier
Aura, de quartier en quartier,
Précédé d'un énorme cierge,
Promené les Saints et la Vierge. »

Soudain vers l'évêque il courut ;
Mais l'évêque point ne le crut,
Et le mal redoubla de rage.
Bientôt, dans un autre village,
Un autre ménétrier eut
Même songe, et soudain courut
Vers l'évêque, coïncidence
Qui dut frapper Son Éminence.
Le jour même, le peuple entier

Alla, de quartier en quartier,
Précédé d'un énorme cierge,
Promener les Saints et la Vierge ;
Et, dès ce soir, le mal cessa,
Et tout le peuple s'embrassa.
Aussi, depuis lors, chaque année,
A pareil jour, fut promenée
Avec le cierge colossal,
La Vierge préservant du mal,
Jusqu'à ce que quatre-vingt treize
Fondit le cierge en sa fournaise.
Qui sait? Peut-être l'on verra
Qu'un jour il se rallumera.

La *Promenade des Allées,*
N'étaient les odeurs exhalées
Par l'impur ruisseau du *Crinchon*
(Qu'on lui mette donc un bouchon !)
Serait digne de tout éloge.

Mais le convoi déjà déloge
A toute vapeur vers Boisleux,
Ou *Bois-des-Loups,* car le mot *leux*
Doit (ma science se hasarde)

Dire loups en langue picarde.
Messieurs les linguistes d'Arras
Se prononceront sur le cas.

Au gré de la rime, Bapaume
Se livre encore au jeu de paume.
Par pudeur, je néglige Achiet....
— Péronne ! Ici rusait, priait
La bonne Vierge, Louis Onze,
Griffe de chat et cœur de bronze.
Qui donc se douterait qu'Albert
Offre aux touristes un dessert :
Souterrains pleins de stalactites !
Cascades où brillent des truites !

Corbie et Didier : autre part
J'ai parlé de ce roi lombard
Qui, captif dans une abbaye,
Y mourut; c'était à Corbie.
Charlemagne était le plus fort,
Et d'autant plus grand fut son tort.
En deux mots contons cette histoire,
Qui ne concourt pas à sa gloire :
Ayant voulu répudier

Sa femme, fille de Didier,
Celui-ci s'en plaignit au pape,
Lui disant ! « Frappez ou je frappe. »
Le Saint-Père ne frappant pas,
Didier envahit ses états.
Aux cris du pape, Charlemagne
Accourt du fond de l'Allemagne,
Bat Didier, l'emmène captif
Et le jette plus mort que vif
Dans cette paisible abbaye,
D'un tel honneur fort ébahie.
Et l'empereur, qui l'y laissa,
Tout à son aise divorça.

Après un aussi long voyage,
Muses, s'arrêter serait sage :
Hercule, après ses grands travaux
Accomplis par monts et par vaux,
Eut aussi besoin de repos.

D'Amiens, où nous rentrons, sans doute,
On peut choisir mainte autre route :
Soit sur la droite vers Rouen,
Soit vers Ham (on prononce *Han)*

5*

Sur la gauche. La poésie,
De Ham, peut à sa fantaisie,
Par Tergnier, Saint-Quentin, Douai,
Pousser au Nord jusqu'à Tournai,
(Retour : Valenciennes, Cambrai,
Dont Fénelon fut le doux cygne);
Ou, prenant à rebours la ligne,
A Tergnier, tourner vers Chauny
Et Noyon, — de Calvin le nid ; —
Traverser Compiègne où s'arrête
L'express seul venu pour la fête ;
Car malgré nos airs dégagés,
Nous n'y sommes pas engagés ;
Puis gagner Pont-Sainte-Maxençe,
Pour y faire une révérence
Au château qui garde le cœur
De Voltaire, ce grand moqueur,
Esprit géant et corps squelette !
Du défunt marquis de Villette,
Ce cœur ornait une cassette.
Le marquis était libéral,
Quoiqu'au fond assez féodal
Et par accès très-clérical ;
Bref, nature manquant d'assiette.

Dieu sait si la pauvre cassette
En souffrit! Tantôt, esprit fort,
Il la plaçait comme un trésor
Dans son salon; tantôt, moins brave,
De sa peur de l'enfer esclave,
Il la reléguait à la cave!

Peu de cœurs ont plus voyagé
Et plus souvent déménagé!

D'un seul trait, de Creil à Pontoise,
Nous irions, en cotoyant l'Oise,
Par Précy, Beaumont, l'Isle-Adam,
Et le lac d'Enghien miroitant;
Mais, ô Muses! vous êtes lasses;
Votre œil se clot. Cédons nos places.
Tout l'Olympe doit vous chercher;
Il est temps d'aller vous coucher.

« Vous nous congédiez trop vite,
Et ne serez pas sitôt quitte,
Monsieur le poète inconstant!
Si tout l'Olympe nous attend,
Qu'il attende : — Quand on est Muse,

On doit rester où l'on s'amuse,
Et nous nous amusons ainsi.
D'ailleurs notre passage ici
Est trop parmi les choses rares
Pour que nous soyons bien avares
D'une heure ou deux. Dans les cités
Et lieux que tu nous as cités,
Par dénombrement trop sommaire,
Maint objet peut encor nous plaire.
C'est ainsi qu'à Douai Gayant
Doit être un spectacle égayant.
A Laon, plus d'un grand fait d'histoire,
De Clio charge la mémoire.
Puisque nous nous mirons au bain,
Deux mots aussi sur Saint-Gobain
Aux glaces avec ou sans tain.
Et puisque nous sommes pucelles,
Nous nous intéressons à celles
Qui sauvèrent, aux jours mauvais,
La France : Compiègne et Beauvais
Désignent chacun une Jeanne
Pour une colonne trajane.
Donc, poète, avant de finir,
A tous ces noms un souvenir. »

— Vous le désirez ; dans ma trame
Je vais enchâsser ce programme.

Délivré d'un siége effrayant,
Douai, joyeux, créa Gayant,
Ce héros vraiment gigantesque,
Bien qu'à l'allure un peu grotesque,
Cher aux jeunes comme aux anciens,
Que tous les ans les Douaisiens,
Triomphalement dans leurs rues,
Montrent aux foules accourues,
Qui, du Nord comblant le désir,
Encombrent les trains de plaisir.
Avant de parler du cortége,
Disons quelques mots de ce siége
Qui, par Louis Onze entrepris,
N'accoucha que d'une souris.
Lorsque Charles-le-Téméraire
Fut mort (pour Louis bonne affaire !)
Sous Arras ayant échoué,
Il se replia sous Douai.
Mais le roi n'était pas en veine
Et cette attaque encor fut vaine.
L'anniversaire du grand jour

Qui vit se lever à son tour
Ce dernier siége, est une fête
Qui tourne à Douai chaque tête.
Valenciennes, par ses *Incas*,
Se trouve dans le même cas,
Comme Dunkerque et comme Lille,
Où les géants vont à la file;
Car si Lille a son Lydéric;
Dunkerque est fier de son Reuss, — *sic!*
Le Nord a gardé pour la force
Un vrai culte : Il aime le torse.
Mais je reviens à mes moutons,
A Gayant, à ses rejetons.
— Et saluons d'abord sa femme,
Car c'est une très-*grande* dame !
Trois fils (le plus jeune un bambin)
Jacot, *Fillion* et *Bimbin*,
Les accompagnent et bondissent,
Et les spectateurs applaudissent.
Mais le vrai héros, le vrai roi,
C'est Gayant, marchant fier et droit,
(Un mannequin d'osier, je croi),
La tête de noblesse empreinte,
Que Rubens même a, dit-on, peinte.

D'une très riche armure orné,
(Un autre y paraîtrait gêné)
Il semble, en sa cotte de mailles,
Prêt à partir pour les batailles!
La cotte cache en ses longs plis
Douze hommes presque ensevelis,
Qui, secret que nul ne devine,
Font mouvoir l'énorme machine.
Ainsi le vainqueur à pas lents
S'avance, les regards brillants,
La lance au poing, le casque en tête,
Et pour mieux être vu, s'arrête.
En avant, fifres et tambours
S'escriment, à vous rendre sourds.
Mais tout Douai s'émeut d'entendre
Ce *Ranz des vaches* de la Flandre.
Près des fils, et l'un des derniers,
Saute le *fou des canonniers.*
Mainte figure symbolique,
Qu'à sa façon chacun explique
Vient à la suite et pas à pas;
C'est avec ses hauts et ses bas,
D'abord la fortune et sa roue,
Qui sourit ou qui fait la moue;

Puis le collecteur de l'impôt,
Un paysan qui porte au pot
Sa poule, un procureur, un âne,
Un soldat, une courtisane.

Ah! quel bonheur pour les enfants,
Pour les enfants petits et grands!

Sur le plateau de Laon s'étale
Aux yeux la sombre cathédrale.
Hélas! on n'y voit plus la tour,
De Louis-d'Outre-Mer séjour,
Et qu'on nommait la tour royale!
La bande noire a jeté bas
Ce témoin de tant de combats,
Que se livraient, tour-à-tour maîtres,
Les nobles, les bourgeois, les prêtres.
A Laon, la vieille royauté
Contre la féodalité
Trouva son boulevard suprême.
Napoléon Premier lui-même,
Quand l'invasion avançait
Et dans son étau le pressait,

LAON.

Voulait, contre un péril semblable,
S'en faire un fort inexpugnable.

Lisez dans Augustin Thierry
La mort de l'évêque Gaudry ;
Et vous verrez par quelles luttes,
Quels sacrifices, quelles chûtes,
Quels glas funèbres de beffroi,
Quels recours à l'Évêque, au roi,
Tombant de l'espoir à l'effroi,
Le peuple conquérait un droit ;
A quel prix enfin la fortune
Lui vendait le droit de commune,
Pris, repris, selon que le sort
Le faisait plus faible ou plus fort !

Au delà du mont, l'on s'empresse
Vers Notre-Dame de Liesse,
Vierge qui nous vint d'Orient,
Avec la fille du Soudan
Et trois pieux croisés de Laon.
Trop peu fort pour les éconduire,
Le soudan, voulant les séduire,
La leur envoya dans ce but :

La belle y trouva son salut ;
Car les trois preux la convertirent,
Et pour Laon tous quatre ils partirent.
La jeune fille sur son cœur
Portait la Mère du Sauveur,
Où plutôt sa face divine,
Par eux trouvée en Palestine.
Mais, à Liesse, un certain jour,
L'objet sacré devint si lourd,
Qu'elle dut le poser à terre :
On y bâtit un sanctuaire
Où les croyants de tous pays,
Corps blessés, cœurs endoloris,
Viennent et repartent guéris.
Combien d'ex-voto qui témoignent
Qu'ici les maux vaincus s'éloignen

Muses, aimez-vous les combats ?
Écoutez : Craonne est à deux pas,
Craonne où le monde vit unie
Tant d'audace à tant de génie ;
Où Ney bondit comme un lion ;
Où Victor, digne de son nom,
Égala le brave des braves ;

Où tout pour nous était entraves
Et favorisait l'ennemi ;
A héros héros et demi !
Car des deux parts dans la bataille
On fut presque de même taille.
Mais quiconque a vu le terrain ,
Dit qu'il fallait des cœurs d'airain ,
Pour tenter de telles merveilles ,
Dans des conditions pareilles.
Les Russes occupaient le front
De cet étroit et rude mont ,
Que foudroyait avec furie
Leur formidable artillerie.
D'en haut descendent deux ravins.
Les Français s'en font des chemins.
Non loin , au milieu de sa garde ,
L'Empereur attend et regarde ;
A son signal , Victor et Ney,
Double tourbillon déchaîné ,
S'élancent chacun à la tête
De leur troupe que rien n'arrête ;
Ney tient la gauche et, le premier ,
En dépit d'un feu meurtrier ,
Sur le plateau déja débouche.

Mais de cent canons chaque bouche
Vomit la mitraille et la mort,
Refoulant ce sublime essor.
La troupe, plus que décimée,
Dans un nuage de fumée,
Sous le poids des cadavres, sent
Les pieds lui glisser dans le sang !
Avec la roche qui s'écroule,
Au lit du torrent elle roule ;
C'est comme une trombe, une houle !
Et son chef, qui l'appelle en vain,
Doit la suivre au fond du ravin.

C'est ainsi qu'aux jeunes recrues
Tout-à-coup des terreurs accrues
Font lâcher pied ; — vertige, oubli,
Sans que leur courage ait faibli.
Ney de nouveau les électrise.
Redoutant quelqu'autre surprise,
Il les place sur un seul rang,
Se remet à leur tête, prend
Un fusil, et, le brandissant
De son air de foudre de guerre,
Crie avec sa voix de tonnerre.

« Cette fois, enfants, au galop !
» Au premier qui sera là haut ! »

Cependant Victor , à la droite,
Dans une gorge moins étroite,
Non moins maltraité du boulet,
Montait aussi vers le sommet.
D'abord, malgré l'artillerie
Tonnant du parc de l'abbaye
De Vauclerc, point par lui tourné ,
Après un combat acharné,
Il met les Russes en déroute ;
Puis il revient, reprend sa route
Vers la cime , et sur le plateau
Plante tout sanglant son drapeau ,
Au même moment qu'y débouche
Enfin Ney, terrible et farouche.
Carnage affreux ! car l'ennemi
N'est encor vaincu qu'à demi.

Sombre ferme de *Heurtebise*,
Toi que ne heurtait que la bise,
Tes murs sont encor dentelés
Des balles qui les ont criblés

En ce jour mémorable, époque
Qu'avec un triste orgueil j'évoque.

Mais lisez ce combat dans Thiers ;
J'en trace à peine ici le tiers.
Que n'a-t-il, pour sa renommée,
Été décrit par Mérimée,
Dont le burin savant et bref
Donne à tout le juste relief !

C'était le temps où la patrie
Saignait, ravagée et meurtrie,
Le temps sinistre où l'étranger
S'étonnait d'oser se venger !

C'est dans des jours pareils, ô France !
Que ton ange de délivrance
Fut la vierge de Vaucouleurs
Dont les Anglais ont bu les pleurs.
A Compiègne ils eurent la joie
De capturer la noble proie,
Et de l'enchaîner dans la tour

Compiègne. — Tour de la Pucelle.

Qu'on vit s'écrouler l'autre jour.
Sa destinée était remplie
Et sa sainte tâche accomplie :
Orléans était délivré,
Et son roi, du trône assuré,
Dans Reims avait été sacré.
Pour donner au double prodige
Le sceau du suprême prestige,
Il ne lui restait qu'à mourir
Sous l'auréole du martyr.
Désormais, la France était une,
Et vivrait d'une âme commune,
Grande âme qu'allait épancher
Jeanne, du haut de son bûcher !

Plus tard, à Beauvais, Jeanne Hachette
S'arme, comme une sœur cadette
De Jeanne d'Arc, et son grand cœur
Rend aussi son peuple vainqueur.
Déjà Charles-le-Téméraire
Contre Beauvais, qui désespère,
Pousse l'assaut de toutes parts,
— Lorsque Jeanne Hachette aux remparts
Soudain s'élance, et de son âme

A tous communique la flamme,
Jette les Bourguignons dans l'eau,
Partout vole, arrache un drapeau
Déjà planté sur les murailles,
Et qui rejoint dans les broussailles
Les assiégeants découragés,
Devenus eux-même assiégés !

Et c'est ainsi que Jeanne Hachette
De Beauvais prévint la défaite.

Après des faits si glorieux,
Muses, pour plaire à vos beaux yeux,
Dois-je enfin vous montrer des glaces ?
Oui, car vous y mirez vos grâces.
Donc, Saint-Gobain n'en peut couler
Autant qu'il peut en écouler.
Les palais des rois et des reines,
Sans compter les cours souveraines,
Sont ornés magnifiquement
De leur divin rayonnement !
C'est un vrai luxe de princesses,
De demi-dieux et de déesses ;

Et vous feriez bien , Apollon ,
D'en mettre aussi sur l'Hélicon !

    N'ai-je pas tenu ma promesse ?
Adieu , retournez au Permesse.
Adieu ? — Non, ce mot est trop noir ;
J'aime mieux vous dire : Au revoir !

FIN.

LILLE, IMPRIMERIE DE L. DANEL.